CW01429278

愛することと優しさについて

髙木いさお

飛鳥新社

はじめに

　僕は、すべての子どもが毎日笑顔で暮らせる社会にしたい、と思って詩を書いています。しかし、そんな社会は子どもたちの周りにいる大人たちが幸せでないと実現しない、と思うのです。だから僕は、すべての子どもとすべての大人の幸せのために詩を書いています。

　イクメンという言葉を近頃よく耳にします。そんな言葉のなかった1989年に、僕は一人息子の守を育て始めました。その2年前に病気で事務職サラリーマンをやめた僕は、「もう書くしかない！」と自宅で家事などをしながらの文筆修業に入ったのです。1988年の秋、就職して半年ぐらいの添人、道子さんが初めての妊娠をしたのでした。欲しくても欲しくてもできなかった子どもが、結婚10年目にできたのです。友人に生活費を借金し、息子が2歳になるまでは添人も家に居て、2人で子育てをしました。2歳になったのを機に、添人は働きに出て、僕が子育ての主担者になりました。

　保育所・幼稚園への送迎から始まり、高校卒業まで、学校との連絡や懇談などを僕がやりました。おやつを作ったり、野球やランニングなどの相手もしましたし、家庭学習の面倒も見ました。もちろん、学校行事には夫婦で参加しましたし、添人が

休みの日には３人で遊びに出掛けたりもしました。息子はすく
すく育ちましたが、しっかり反抗期も迎えました。そんな子育
てをする中で、僕はすべての子どもの幸せを願うようになった
のです。

　すべての子どもの毎日の笑顔を目指していますので、いじ
め・児童虐待・自殺・ストーカー・DV・性暴力などを防止す
るための詩も書いています。僕は、自らの詩的感性を表現する
現代詩作家ではありません。子どもの幸せのために、すべての
人の幸せのために伝えたい思いや考えを、詩という表現で届け
ようとしているだけの人間です。

　この詩集には、2011年３月11日に発生した東日本大震災の
被災者の方を思いながら書いた４編の詩と１編の歌詞が入って
います。116ページから119ページまでの４編の詩は2005年４
月25日に発生したJR福知山線脱線事故を受けて書いた詩です。
「８月６日」という詩も併せて、決して忘れてはいけないこと
を言葉で刻み込むのも詩の役割だ、と僕は考えています。

　102編の詩が、みなさんの幸せに役立つよう、心から願って
います。

2012年春　髙木いさお

愛することと優しさについて　目次

愛することと優しさについて

人間は
苦労したから優しくなる、ということはない
優しくされたから優しくなる、ということもない
愛されたから優しくなる、ということでもない

人間は
誰かを愛したことによって優しくなるようだ

愛する人への愛しみが
その愛しみの深さだけ人間を優しくするのだと思う

だから
優しくない人に接すると
誰も愛さなかったその人の人生が見える気がする

優しくなるには

金持ちになるには運が要る
賢くなるには時間が要る
優しくなるには何も要らない

人間であるということは

頑張っている人がいたら
応援するのが人間だ

弱っている人がいたら
励ますのが人間だ

困っている人がいたら
助けるのが人間だ

人間であるということは
ただ
それだけのことだと思う

言い換えれば

しなければならないことを
しなかったということは

してはいけないことを
してしまったということだ

素直に謝る

人間としてやってはいけないことを
しなかった人間はいないと思う

それが人間の愚かさであり悲しさである

だから人間は
素直に謝らないといけないのだ

謝るしかないこと
弁明の余地がないことをしてしまったら
素直に謝るしかないのだ

そこから人間であることが始まるのだと思う

ごめんなさいと言えないとき

謝らなければいけないのに
自分が悪かったと分かっているのに
相手を傷つけたと思っているのに

ごめんなさい
と言えないときがある

恥ずかしかったり
勇気がなかったり
いろんな気持ちがその一言を言えなくしている

そんなときは
自分のことを横に置いて
相手のことだけを考えてみよう

相手が今、どんな思いでいるかを考えてみよう
相手の寂しさ悲しさ悔しさ苦しさを
相手の立場に立って考えてみよう

そして
そこから出てきた自分の思いを
素直に言葉にしてみよう

ゴミについて

家庭ゴミは
毎週２回集めに来てくれる

朝９時までに出しておいたら
誰かが取りに来てくれて
誰かがきれいにしてくれている

心のゴミは
きちんとまとめて毎朝出したとしても
誰も取りに来てくれないし
誰もきれいにしてくれない

いつまでも自分のゴミなんだ

自分がするしかないことを人任せにしてはいけない

リンゴ

表面はつやつやで
形も立派
でも割ったら
３分の２が腐っているリンゴ

外見はどうということはないが
割ったとたんに
芳香のただよう
美味しいリンゴ

あなたは
どちらのリンゴになりたいですか

恥ずかしくなる

誠実に生きているのに貧乏であることは
辛くて悲しいことだが
決して恥ずかしいことではない

恥ずかしいのは
他者の貧乏に鈍感であることだ

そして
最も恥ずかしいのは
近しい人の貧乏に知らんぷりをすることだ

そういう人を見ていると
こちらの方が恥ずかしくなる

お金があったら

お金があったら
生活に余裕ができて
心にゆとりが生まれ
周りの人々に親切にしたり
困っている人々を助けたりできる

というのは嘘だ

問題

困っている人に対して何もできない人間はいない
しかし、何もしない人は多い

どうすればいいかが分からないなら
困っている人を見ればいい
何に困っているかを見ればいい

肩を落としている人には励ましが要る
涙ぐんでいる人には慰めが要る
病んでいる人には薬が要る
凍えている人には着る物が要る
飢えている人には食べ物が要る

困っていることを解消すべく手を差し伸べればいいのだ

だが
困っている人に対して何もする気がない人もいる
する気がなくて何もしないのだ

どちらにせよ
困っている人に対して何もしない人が多いことが
この世の中の
第一番の問題で
最大の問題で
最終的な問題なのだと思う

結局

一歩先ではなくても
半歩先を行く人は
半歩後ろに居る人に
何かしてあげられる

だから
いつか、とか
こうなったら、とか
ああなったら、とか言っている人は
結局
何もしない人かもしれない

何もできないのではなく
何もしないのだ

重要なのは

10持っていても10する必要はない
5でもいいし1でもいい
0.5だって0.1だっていい

どのくらいすればいいか
なんて考えなくていい

今、自分のできることをすればいい

5するか1するかより
するかしないかが重要なんだ

人間の問題だ

社会の仕組みとか
社会の制度とか
社会の体制とか

そんなものはどうでもいい
と僕は思っている

大事なのは
どういう人間であるか
ということ

自分がどういう人間であるか
多くの人間がどういう人間であるか

社会について

社会は
金やモノで出来ているのではない

人間で出来ているのだ

我々が生きている人間社会は
人間同士の良い関わり合いを大切にする社会であるべきだ

人間を大切にする
徹底して人間を大切にする
そうすることが
社会を大切にすることにつながる

金やモノは
人間を大切にするための道具でしかないはずだ

良い家を造るために
良い道具は必要だが

良い家を造ることを忘れて
良い道具を沢山沢山集め
それだけで終わっているなんて
絶対に間違っている

すべてを人間の幸せのために使おう

ただ
全人類でさえも
大きな自然の一部分であることを忘れないようにして

人間幸率（こうりつ）

これを使うより
あれを使う方が安上がりだ

こうするより
ああする方が手間や時間に無駄がない

このように考えるのが経済効率

より大きな利益を目的にするのなら
経済効率を考えることは必要だろう

しかし
人間の幸せを目的にするのなら
別の考え方が必要だと思う

あれを使うより
これを使う方が安全だし気持ちがいい

ああするより
こうする方が手間や時間がかかるけど良いものになる

お金も手間や時間もかかるが
人間にとってはこちらの方が幸せを感じられる
と考えるのが人間幸率

人間社会が本当の豊かさを得るためには
経済効率中心から人間幸率中心に移行することが必要だと思う

幸せについて —— 二つの心

高級車や大きな家を持つことが
幸せだ、と思う人がいるし
そう思わない人もいる

金持ちや有名になることが
幸せだ、と思う人がいるし
そう思わない人もいる

ということは
高級車や大きな家を所有したり
金持ちや有名であること
の中に幸せがあるのではないということだ

幸せは
幸せだ、と感じる人間の心の中にある

つまり
モノとカタチに幸せを感じる心の人と
愛と優しさに幸せを感じる心の人がいるということだ

お金で買えないもの

お金で買えないものを大切にしよう

楽しい時間
美しい思い出
誰かを愛したこと
誰かに愛されたこと
眼から入って頭の中まで真っ赤に染める夕焼け
名前も知らないがいつ見てもうれしくなる可愛い花

お金で買えるものはお金があれば手に入れられる
しかし
お金で買えないものは感じる心がなければ自分のものにはならない

お金で買えないものこそ大切にしよう

満足

何が欲しいか、と考えないで
何が足りないか、と考えたらいい

どのくらい欲しいか、と考えないで
どのくらい足りないか、と考えたらいい

沢山(たくさん)欲しがるから
いつまでたっても満足できないんだ

不足分を満たすことが満足だ、と考えたら
満足って
そんなに沢山要らないし
そんなに難しいことではないと思う

充分
<ruby>充分<rt>じゅうぶん</rt></ruby>

帰る家があって
きちんと食事ができて
大切にしてくれる人がいて
大切にしている人がいて
自分のしたいことをしているのなら

それで充分幸せだと思う

君に言いたいこと

君はいつも自分だけを守ろうとしている

気持ちは分かるけど
それって、決して君の幸せにつながらないと思う

自分を守るためや自分の欲望を満たすために
大事なことや大切な人を切り捨てていく君のやり方は
結局、君自身を不幸にしていくだけだと思う

人間は自分や他者を不幸にすることができるけど
不幸にできるということは幸せにもできるということなんだ

自分を守れるということは
誰かを守れるということなんだ

自分を守ることは大事なことだけど
いつも自分だけを守っていたら
きっと
自分と同じくらい大切だと思える人には出会えないと思う

手紙 ── いつも笑顔であるように

毎日
よく笑っていますか?

僕は君に
毎日、笑顔でいてほしいのです
それは
幸せでいてほしい
ということなのです

君が幸せであるためには
君の愛力が溢れていないと駄目だ、と思っています

誰かにだけ優しいのではなく
誰にでも優しい君であること

機嫌が良いときだけではなく
どんなときでも優しい君であること

自分が悲しみの底に沈んでいるときでさえ
他者を思う優しさを失わない
そんな君であってほしいのです

君がいつも笑顔であるように
僕は毎日祈っています

自分の人生だから

どう生きていくのか
なんてことを考えないでも生きていける

友達とちゃらちゃら遊んだり
一人で時間つぶしの遊びに興じたりして
食べて寝てを繰り返していたら
10年20年はあっという間だ
その間に
添人（そいびと）ができたり
子どもができたりするのだろうが
自分自身は変わらない
乏しい感性と貧しい思考力のままで
ただ年齢（とし）を重ねていくのだ
愛されることも愛することも無く
信頼されることも信頼することも無く
幸せにもならず幸せにもしない
沢山（たくさん）ある美しいものの前を足早に通り過ぎ
空っぽの人生を終える

自分の人生の価値を決めるのは自分だ
自分がどう幸せだったのか
自分がどう他者（ひと）の幸せに関われたのか
もっと簡単に言うと
どれだけ感動して生きてきたのか
もっともっと簡単に言うと
どれだけ沢山の美しいものを見てきたのか

自分の人生は自分でつくるしかない
中身が空っぽの人生も
美しい感動が詰まった人生も
自らの選択一つなのだ

人生が一度きりであることを静かに考えてみてほしい

人生は自分が決める

充実した人生を送るか
薄っぺらな人生を送るか

それは自分が決めることだ

ほとんどの人が
自分でどちらかを選び
自分で努力して
自分の思う人生を送ることができる

だから
他者のせいにして自分の人生を軽く扱うのはやめて
心の底から楽しみながら
支え合い愛し合う
充実した人生にしてほしい

二つの美しさについて

化粧の仕方が上手になったり
ファッションセンスが磨かれるのも
悪いことではないだろう

でも
外見の美しさは他者を感心させるだけのものだと思う

時には
生き方の美しさについて考えてみてほしい

生き方の美しさは
他者を感動させる力を持っているのだから

誠実に生きる

見てはいけないものもあるし
言ってはいけない言葉もあります
してはいけないこともあるし
させてはいけないこともあります

誠実に生きるということは
自らの内にある欲望やいいかげんの壁を
一つ一つ乗り越えていくことだと思います

当たり前のようにできることもあるし
すごい努力が必要なこともありますが
人間らしい生き方というのは誠実に生きるということです

約束

約束には二つの重さがある

一つは内容の重さ
もう一つは約束であることの重さ

大事なこと

風は
良い種も運ぶが
悪い種も運ぶ

知識も
善い事にも使われるが
悪い事にも使われる

だからまず
一人ひとりが
善し悪しの分かる人間になることが大事なんだ

無駄な考え

どんな学校を出たとか
どんな会社に勤めているとか

そんなことにとらわれているのは無駄だし
そんなことにこだわっている人を気に掛けるのも無駄だ

人生は一度きりだから
つまらない考え方に付き合うのは無駄だと思う

どんな学校を出たかより
どんな事を学んできたのか

どんな会社に勤めているかより
どんな努力を今しているのか

そういうことこそが大事なんだと思う

やればいい

自分の荷物を誰かに背負わせたり
誰かを傷つけたりしない限り
君はやりたいことをやればいいんだ

やらなかった後悔より
笑える失敗や悔し涙の失敗の方が
きっと、君の心を育てると思う

失敗について

小さな失敗
大きな失敗
同じ失敗
初めての失敗

人間って沢山の失敗をする

でも
気付かずに沢山沢山のうまくいったを繰り返している

コップを落として割ったことは失敗に入れるけど
コップで水を飲み、それを洗って片付けても成功に入れない

そんなふうに
人間って沢山の失敗をするけど
その何十倍も何百倍も成功しているんだ

やめる前に

こんなに難しいなんて思わなかった
自分の力ではどうにもできない
やりたい気持ちはあるが気持ちだけではどうにもならない

君の今の気持ちはよく分かる
でも
やめる前に考えてみてほしい

今の君では難しいし
今の君の力ではどうにもならないけれど
３カ月後の君なら
１年後の君なら
３年後の君ならどうだろう

きっと
笑いながらしている気がするんだ

誰でも
始めた時は初心者なんだよ

鍵

今、見つからなくても
無くした鍵はどこかにあるし
今、分からなくても
答えは必ずある

捜せば必ず見つかるわけではないが
捜すのをやめたら無くした鍵が見つからないように
考え続けたら分かるとは限らないが
考え続けないと答えは得られないのだ

誠実について

やり始めたことは
続けたいと思います

ゆっくりでもいいし
時には休んでもいいから
やり始めたことは
続けたいと思います

初めに思っていたことと
どんどん形が変わったとしても
やり始めたのだから
続けたいと思います

僕が
一人で始めることが多いのは
一緒に始めたのに
途中でやめてしまう人を見るのが辛いからです

もちろん
やめる人にはやめる理由があるのでしょうが
僕から見ると
思っていた効果が得られないから
というだけの理由だと思えるのです

僕だって
効果というか
続ける甲斐（かい）というか
そんなものを考えています

僕の考える〝やり甲斐（がい）〟というのは
例えば二人でやり始めたら
二人がやり続けているということです

相棒と向かい合って
「なかなか思うようにならないなあ」
と笑い合うだけでも
とても素的（すてき）なことだと思うのです

他者（ひと）には誠実であるべきです
他者（ひと）には誠実であり続けるべきです
まして
何かを一緒にやり始めたほどの他者であるならなおさらです

僕は
裏切らないことが誠実だと思っています

しょせん一人

一人で考え
一人で頑張って動いたとしても
大きな流れは変わるものじゃないし
疲れて倒れてしまうだけかもしれない

一人はしょせん一人なんだし
一人の力は小さ過ぎる

でも
一人はしょせん一人なんだ、と分かった上で
一人の小さな力を信じて
一人でできることをやっていくのはいいことだ、と思う

一人はしょせん一人なんだし
一人分だけやればいいんだ

そのうち誰かがやって来て
二人になるかもしれないしね

人間は

人間は弱い

欲望に弱く
暴力に弱い

だから
一人で生きないで
誰かと生きてほしい

誰かと励まし合って生きてほしい
誰かと助け合って生きてほしい
誰かと愛し合って生きてほしい

誰かと生きている人間は強い

友人

たった一人でも
友人がいることぐらい
楽しいことはない

たった一人でも
友人がいることぐらい
心強いことはない

いつも一緒に居る必要はないし
同じことをする必要もない

ただ
〇〇がいる！
と思うだけで
背筋がしゃんと伸びるし
真っ直ぐに歩いていける

花は

植えたこともない所から
花の咲くことがある

だが
種の無い所から
花は咲かない

教育とは

いくら栄養価の高い物でも
無理やり開けさせた口に押し込んで食べさせるのを
食事とは言わないように

いくら身に付けたら良い事でも
押し付けたり強制したりして教え込むことを
教育とは言えないと思う

学びたい人間には教えられるが
聞く気も無い人間には教えられない

だから
学びたいと思う人間に育てることが
まず必要なのだろう

教育とは
教えて育てる、というより
育てて教える、と考えた方がいいのだと思う

子どもの居場所は

子どもの居場所は
安心できない所や辛い所であってはならない

家庭でも
学校でも
どんな施設でも
まず大事なことは
子どもがそこに居て楽しいということだ

そこで何をどう学ぶかということは
そこが楽しい所であることの次のことなのだ

学 校

できなかったことができるようになる
そんな喜びを教えてくれる学校であってほしい

できなかったことはまだできないが
前より少し前進した
そんな喜びを教えてくれる学校であってほしい

知らなかったことを知り
分からなかったことが分かるようになる
そんな喜びを教えてくれる学校であってほしい

知らなかったことや分からなかったことを
学び考え続ける
そんな喜びを教えてくれる学校であってほしい

一人残らずすべての子どもが
喜びながら学び考える
そんな学校であってほしい

子どもをどう育てるか

子どもをどう育てるかは
子どもにどうなってほしいかを具体的に考えることです

子どもにどうなってほしいかを考えることは
大人自らが
どうなりたくて、どのように生きているのかを自問することです

子どもにすぐ手を出すのに
優しい子どもになってほしいと思っても無理です

子どもに分かりやすく何度も説明することなしに
聞き分けの良い子どもになってほしいと思っても無理です

大人自らが
愛するということのない日常生活を送っているのに
子どもに愛情の豊かさを求めるのは無理なのです

子どもに何かを求める気持ちは分かりますが
その前に自らを見詰めなければならないと思います

面倒

子どもの個性を伸ばそう
と口では言いながら

自分は子どもよりずっと年上だとか
自分が子どもの世話をしてやっているとか

そんな理由で
子どもに
命令したり
大声を張り上げたり
言い分を聞こうとしなかったりしている

面倒だからと
自分の一言で思うように動く子どもにしようとしている

こういう関わり方は絶対にいけないと思う

世話をするということは
育てるということは
教えるということは
面倒という以外の何物でもない

面倒なことはどう言い換えても面倒だから
面倒だ、と素直に言えばいい

だが
子どもが大人に面倒を掛けるのは自己確立の一過程であり
大人が子どもの面倒を見るのは人格形成の一過程である

つまり
人間というものは面倒を通して成長するしかないのだろう

大切な子どもを傷つけているあなたへ

たたく手で撫でることができるし
突き飛ばす腕で抱き締めることができます

蹴り上げる足でさえ
折り畳んで膝に乗せることができるのです

小さな時に愛されなかったり
今、誰かに優しくされていなかったり

そんな辛さや腹立ちは分かるのですが
それを小さな子どもにぶつけるのは間違っています

大切な子どもを傷つけないで！
体と心を傷つけないで！
そして
あなた自身も救ってあげて！

あなたが子どもを大切にすることは
あなたがあなた自身を大切にすることなのです

愛することから生まれる愛される笑顔が
きっとあなたを救ってくれます

傷つけながら傷ついていくより
愛することで一緒に幸せになってください

子育てと暴力について

力ずくで押さえ込めるのは表層部でしかないのだから
暴力は決して本当の平静を実現するものではないのです

暴力で押さえ込んだものはいつか噴出してくるから
それを押さえ込むには
継続的に暴力を使うしかないし
さらに大きな暴力を必要とするようになることも多いのです

だから
子どもに暴力を振るってしまったら
それが初めてでも
必ずすぐに誰かに相談してください

子どものことが可愛がれないのなら
二人きりじゃなくて
複数の親子で遊ぶ時間をつくってほしい

そしてそこで我が子だけじゃなく
すべての子どもの笑顔をしっかり見てください
子どもの笑顔の可愛さと素晴らしさをたっぷり見てください

子どもの世話が大変なら
一人で世話をしないで
誰かと協力してやっていってほしい

子育ては面倒の掛かることだから
面倒だと思う自分を責めないで
誰かの協力を求めてください

子どもの体や心を傷つけることは
絶対してはいけないことですよ

上手になるより

上手になるより
大好きになる方が大事

上手に仕上げるより
気に入った仕上がりになる方が大事

上手に生きるより
楽しく生きる方が大事

上手に育てようとするより
いつも笑顔でいられるようにする方が大事

上手に付き合うより
大好きになる方が大事

子どもに

楽しい遊びが好きなように
子どもは楽しい話が好きだ

優しい人が好きなように
子どもは優しい声が好きだ

美しい花が好きなように
子どもは美しい言葉が好きだ

ただ残念なことに
刺激的な
話や
声や
言葉の方が
子どもの心に強く食い込んでしまう

だから
だからこそ
子どもには
楽しい話を
優しい声で
美しい言葉を使って語りたい

沢山の子どもたちに出会って
―― 渚西保育所『すみれぐみ』の15人の子どもたち

沢山の子どもたちに出会って驚いた
一人ひとりが可愛いのに驚いた
一人ひとりが優しいのに驚いた
一人ひとりが個性的なのに驚いた

親たちが
可愛くなってほしいと思う前に、もう可愛い
優しくなってほしいと思う前に、もう優しい
個性を伸ばしたいと思う前に、もう個性的だ

沢山の子どもたちに出会って気付かされた
今まで考えていたことの間違いに気付かされた

子どもは草木のように太陽に向かって真っ直ぐ伸びる

可愛いまま
優しいまま
個性的なまま
太陽に向かって真っ直ぐ伸びる

大人は
太陽を遮らないようにするだけでいいのだ

四つの力

子どもを育てるとき、四つの力をつけてやってほしい

まず、愛力
人を愛する力を育てないで
どんな人間にしようというのだ

次に、体力
何かを実現するには
それをやり遂げるための体力が要る

そして、学力
自ら学べる力が学力だ
暗記力ではない

最後に、考力
考える力なしに
人生でぶつかる数々の問題に立ち向かうことはできない

この四つの力を
『あいたいがっこう』
と呼んでいる

与えることで

与えることで奪っている
ということだってあるのだから
与えないという愛情もある

大事なのは
与える与えないより前の
誰のために
誰の幸せのために
というところだと思う

多くの人が
他者(ひと)のためにではなく
自分のために与えたり与えなかったりしているから
モノとカタチの欲望の世界になっているのだと思う

自分のためにではなく
誰かのために
与えるべきものは与えるし
与えるべきでないものは与えないことだ

子どもの時間

今、大人が大人らしくないのは
子ども時代に子どもの時間を過ごしてこなかったからだと思う

子どもの時間というのは
いつも一人でゲームばかりをする時間ではないし
下校してすぐに行く塾での時間でもない

それは
大人からたっぷり愛されながら
自由に遊べる時間のことだ

そんな時間を充分に持てたとき
子どもが子どもらしい子どもでいられるのだ

そしてきっと
子どもらしい子どもでいられた人が
大人らしい大人になれるのだ

子どもをたっぷり愛せる大人になれるのだ

らこすあや

らんぼうはしない
ことばづかいはていねいに
すねない、すなおに
あいさつとへんじはきちんと
やくそくはまもる

幼児期に身に付けてほしいことなのに
これを身に付けた大人になかなか出会えないのはなぜだろう

守くんへ —— 大好きが沢山
<ruby>沢山<rt>たくさん</rt></ruby>

大好きな人が沢山いて
大好きな食べ物が沢山あって
大好きな遊びが沢山あって
大好きな場所が沢山あって
大好きな映画が沢山あって
大好きな歌が沢山あって
大好きな曲が沢山あって
大好きな花が沢山あって
大好きな生き物が沢山あって
大好きな本が沢山あって
大好きな物が沢山あって
………………………………
…………………………………
……………………………………

そんな
大好きが沢山ある人間であってほしい

守くんへ ── あいさつと返事

心を込めて
元気な声で
美しい言葉を正しく使って
あいさつと返事をきちんとしてほしい

そういうあいさつと返事が
他者に対する誠意と愛情につながるのだと思っています

君ならいつか
言葉を超えたあいさつと返事があることに
きっと気付いてくれるでしょう

守くんへ ── 楽しく生きてほしいから

悲しいことや苦しいことのある人生だから
楽しく生きることを大事にする人間であってほしい

悲しんだり苦しんだりする君を見たくはないのだけれど
悲しみや苦しみの中にきちんと身を置き
頑張ってそれらを乗り越えることで
人生の楽しみに出合ってほしい

表面的な楽しみ
一時的な楽しみではなく
心の底からの楽しみを感じて生きてほしいから
悲しいことや苦しいことも大切にする人間であってほしい

守くんへ ── 父の願い

他者から傷つけられることがあっても
他者を傷つけない人間であってほしい

常に弱者の側に立つ人間であってほしい

他者に対しては常に誠実であってほしい

思いやりに溢れた優しい人間であってほしい

支え合う関係を大事にしてほしい

どのような時でも理性的であってほしい

物事を論理的に考える人間であってほしい

どのような時
どのような所でも
学び考え続ける人間であってほしい

あらゆるものの声を聞き
あらゆるものに語り掛ける人間であってほしい

自分自身が大きな自然の一部であることを忘れないでいてほしい

傷つけられた生命（いのち）の痛みが分かる人間であってほしい

すべての生命を大切にする人間であってほしい

物欲にとらわれない人間であってほしい

勝ち負けにはこだわらない人間であってほしい

どのようなものであっても
努力して得られたものには価値があることを知ってほしい

常に美しい言葉を話す
元気な人間であってほしい

一人だけ賢かったり豊かだったり
一人だけ優しかったり美しかったり
そんな
一人だけの世界に生きていてほしくない

みんなと一緒に
優しい人間になってほしい

強くなってほしい
—— いじめられている君へ　いじめている君へ
　　知らんぷりの君へ

強くなってほしい

しかし、その強さは暴力的な強さではありません

優しさから生まれる強さです

生命(いのち)を大切にする強さです

愛力(あいりょく)の大きさに比例する強さです

他者(ひと)を攻撃するための、他者を殺傷するための強さではありません

自分を守るための、誰かを守るための強さです

生命を守り育てる強さです

生命あるものを幸せにする強さです

それは

君が素直に生きることから

真っ直ぐに生きることから高(た)まってくる強さです

楽しんでいる君

悲しんでいる君

苦しんでいる君

悩んでいる君、……

いろんなときの君がいます

そのすべてが君なのだから
そのすべてを大切にして生きてほしいのです

他者にどう思われるか
誰かにこう思われたい
と考えて自分の心をねじ曲げたら
君の心のきらめきが死んでしまいます

君は、君であることで素晴らしいのです
ただ素直に生きる君が素晴らしいのです

いつも明るい君でいてほしいのですが
悲しんでいる君も君だし
苦しんだり悩んだりしている君も君です
そして、そのすべての君が愛しい君なのです

君の愛力が大きくなることを、いつも祈っています

される身になる

ただの悪ふざけ、と言うが
誰かをたたいたり蹴ったりは
悪ふざけだ、では済まないし
相手が笑い飛ばせない言葉を投げ付けるのも
絶対に悪ふざけというものではない

される身になる

自分が同じようにされたらどうだろう、と考えてみる

いじめている君も
いじめを見ている君も
される身になって考えてほしい

そして考えたら
考えた人間として行動してほしい

いじめをやめる
いじめをしている人に「やめろ！」と言う
周りの先生や大人に「やめさせて！」と言う

と同時に
いじめられている人と仲良くする
いじめられている人に優しい言葉を掛ける
いじめられている人にあいさつをする

自分に何ができるかを考えて、できることをしてみる

困っている人のために何かすることが
誠実な人間として生きているということだ

自分を傷つけないでほしい

他者を傷つけることが善くないように
自分を傷つけることも善くないんだ

傷つけたいと思ってしまうのだろうけど
傷つけたらスッとする一瞬があったりするのだろうけど

自分を傷つけることはやめてほしい

もしかしたら
周りの人に救助信号を送ったり
周りの誰かを傷つける代わりに
自分を傷つけているのかもしれない

でもやっぱり自分を傷つけないでほしい

君が自分を傷つけることで
きっと
周りの人の心を傷つけたり
嫌な気持ちにさせたりしていると思う

傷つけることで
誰かが幸せになるということはない

傷つけることで
一瞬、不幸を忘れられるかもしれないけど
不幸の深さは深くなっていくと思う

傷つけないことが幸せへの第一歩なんだ

幸せになってほしい！

辛抱

逃げないで辛抱して居続けることも
時には大事なことだ

でも
死にたくなるまで辛抱することはない

もうすぐ爆発しそうな爆弾のそばに
辛抱して居続けることは
勇気なんかじゃないし
誠実でもない

生命（いのち）より大切なものは無いのだ

周りの人たちから
何と言われてもいい
何と思われてもいい

君の生命を大切に思わない人たちに遠慮は要らないから
生きているのが辛くなるような場所からは
すぐに離れるべきだ

生きていたら必ず
生きていて良かった、と思う時が来る

笑顔で暮らしながら
きっとそう思うんだから

17歳の時

17歳の時
人はなぜ生きているのだろう
なぜこんなに沢山（たくさん）の人が生きているのだろう
なぜこんなに沢山の人が繰り返し産まれてくるのだろう
なぜ毎日時間つぶしをしながら生きている人が沢山いるのだろう
なぜ他者（ひと）にひどいことをする人が沢山生きているのだろう
人が生きることの意味は何なのだろうか
人が生きることに意味があるのだろうか
と悩んだ

何カ月も悩み
何カ月も恐れ続けた

何となく想像した答えに恐れていたのだ

おそらく何も無いのだろう
そして
何も意味が無い、と分かった人生を
僕は生き続けられないかもしれない
と恐れた

けれど今、僕は生きている

人が生きることの意味を見つけられなかったが
死ぬのが怖い自分がいるし
楽しく生きたい自分がいるのを知った

美味しいものを食べたら満足だし
素晴らしい映画を観たら感動するし
優しい言葉を掛けられたらすごく喜ぶ

そんな自分がいるのを素直に認めようと思った

苦しいこと辛いことは何度もある
しかし
楽しめる心を育てていったら
楽しいことうれしいことの方が沢山あることに気付くはずだ

自然に死ぬまで
自然に生きよう

花は咲く

長い人生の中で
「死んでしまいたい」
と思うことがある

一度だけ思う人もいるし
何度も何度も思う人もいる

「自分なんか生きてる意味が無い」
「こんなに苦しい不幸な人生なんて」
「苦しい、辛い、耐えられない」

沢山の人がそんなことを思ったが
沢山の人がその思いを乗り越えた

一度乗り越えたら終わりじゃなくて
何度も何度も乗り越えないといけなかった人もいた

そして何年か過ぎた時には必ず思った
「生きていて良かった」と

枯れてしまって
何も見えないその場所に
時期が来れば花は咲く

「今は何も無い」
「明日が見えない」
と思っている君にも
花の咲く力が眠っている

時期が来れば花は咲くのだ

何もできないときは
できないのだからしなくていい

やがて
花咲く力が君を起こし
時期が来たぞ、と花は咲くのだ

あの時

僕の場合
死にたいから死のうとしたんじゃなかった

今のシンドサに耐えるのが辛くて
死んだらシンドサから離れられる
死んだら楽になる
と思ったんだ

毎日毎日
ホームと電車の隙間を見詰め
ここに入れば逃げられる
と思っていた

何十年も前の事だけど、少し前のような気がする

僕は今、笑ったり泣いたりしながら
幸せな毎日を送っている

「あの時、死ななくて良かった」
とはっきり言い切れる

大好きなこと、大切なこと

幼子と手をつなぐ
愛し子と手をつなぐ
我が子と手をつなぐ

友人と手をつなぐ
恋人と手をつなぐ
添人と手をつなぐ

元気のない人と手をつなぐ
迷っている人と手をつなぐ
倒れそうな人と手をつなぐ

手をつないで話す
手をつないで歩く
手をつないで笑う

しっかり手をつなぐ
柔らかく手をつなぐ
優しく手をつなぐ

本当に大切なら

誰かのことが本当に大切なら

その人の
毎日の笑顔のために

できることをし続けると思う

幸せになるためには

人間は
一人では幸せになれないと思う

心から喜んでくれる他者（ひと）がいてこそ
幸せを感じられるものなのだと思う

だから
幸せになるためには
共に幸せを感じてくれる
共に幸せになれる
そんな他者が必要なのだと思う

心を開こう

心を開くことは重要だけど
初めから一度に全開しなくてもいい

自転車に乗る練習を始めても
初めからは全速力で走らないように
バランスを取りながら
適度なスピードで練習すればいいのだ

心を開いた相手から
裏切られることもある

だからといって
もう誰にも心を開かない
というのは
君の人生を寂しい人生にしてしまう

大抵の人は
何度か転びながら自転車に乗れるようになる

転ぶということは確かに失敗だけど
成功というものは
幾つもの失敗という過程を経て得られるものだと思う

寂しい人生にしたくないなら
君に心を開いている相手には
少しずつでいいから心を開いてみよう

信頼しながら
自分の感じていること考えていることを話してみよう

人生の実り

誰だって弱いところがあるのだから
支えがないと動けないときは
誰かに頼ればいいと思う

一人で頑張ることって大事だけれど
誰かに助けられながら頑張ったり
誰かと一緒に頑張ったりするのも
時には必要なことだと思う

自分の弱さをきちんと見詰め
その弱さについてさえきちんと話し合える誰かを持ち
自分と同じくらい大切なその人と支え合って生きているなら

それが人生の実りだと思う

楽しい人生、最高の人生

自分を偽らないこと
そんな自分を受け入れてくれる誰かがいること

この二つで
楽しい人生を送ることができる

そして
そのような人生を送りながら
他者（ひと）の幸せのために何かしているとしたら

それは
最高の人生だと思う

人生の選択

他者との関わり合いなしには生きられないのが人生だから
どんな人とどのように関わるか
と思い定めることが大事なのだと思う

だから
どう生きるか
と考えるより
誰と生きるか
と考える方がいいのかもしれない

愛することと信じること

自分を憎んでいる人を愛することはできるが
自分を疑っている人を信じることはできない、と思う

間違った人を愛しても人生の失敗ではないが
間違った人を信じたら人生の失敗になる、と思う

幸せな結婚は

幸せになりたくて結婚しても
結婚しただけでは幸せになれないし

幸せにしたくて結婚しても
結婚しただけでは幸せにできません

幸せになりたい人同士が結婚しても
幸せになるとは限らないし

幸せになりたい人と幸せにしたい人が結婚しても
幸せになるとは限らないと思います

僕は
幸せにしたい人同士が結婚し
幸せにする努力を笑顔でしていたら
幸せな二人になるような気がします

大変さから逃げないで

分かり合うまでの大変さより
分かり合ってもどうしようもない大変さの方が
より大変なのです

でも
その大変さを越えていくことで深まるものがあるから
大変さから逃げないでほしい

深い愛というものは
たやすく手に入るものではないと思います

隙間のない愛情

誰かが
してほしい
と思うことを

してあげてもいい
してあげたい
ではなく
したい！
と思う

誰かが
したい
と思うことを

させてあげてもいい
させてあげたい
ではなく
してほしい！
と思う

誰かを愛するということは

誰かを愛するということは
その人の幸せのために努力することだ

「愛してる」と言いながら
するべき努力をしていなかったり

自分への見返りを計算しながら
見える努力だけしていたりするのは

決して
愛しているということではない

誰かを愛するということは
その人が気付いていようがいまいが
その人の幸せのために努力することだ

愛せない人

他者を愛せない人は
冷たい人間なのではない

自分にしか熱くなれない人間なのだ

そういう人は
内向きの感受性のみ発達した人間で
自らのことにだけ敏感に反応し
自らの快不快だけで行動する

他者のことには関心が持てないし
他者のことには感受性が働かないのだ

だから
他者を愛せないだけではなく
他者の苦しみや悲しみが理解できない

そして
他者の苦しみや悲しみが感じられないで
自分のことのみに熱くなる人だから
他者を愛せないだけではなく
他者に対して暴力的なのだ

人生の添人（そいびと）

誰かと生きるということは
誰かと生きることによって
お互いの人生を充実させたい
ということであるはずだ

だから
ある人と生きることが
自分の人生を空虚なものにしているのなら
その人と生きることは間違っている

生活の事々を共に積み重ねるごとに
情愛が深まっていくのが人生の添人なのだから

君の愛について

君の愛を
相手が負担に感じているとしたら
それはきっと
君の愛し方が間違っているんだと思う

誰だって
間違った愛し方をする人に
笑顔を返し続けることはないだろう

君が間違った愛し方を直せないなら
静かに離れていくことが
君が相手を愛している証しだと思う

理解することや受け入れることを
押し付けないのが愛だと思う

間違いに気付いたら

間違いに気付いたら
後戻りするか
進路を変えるかして
やり直すしかない

勇気が必要なら
勇気を出して

助けが必要なら
助けを求めて

気付いた時から
やり直すしかない

間違いに気付いたのにやり直さないとしたら
それは
自分の人生を捨てることだ

汚されない心

人間は
他者から傷つけられることはあっても
他者から汚されることはありません

人間を汚すのは
自分自身です
自分の大切さを忘れた人間が
自分を汚してしまうのです

他者が汚すことのできない自分の心を
どんなときでも大切にしてください

大切なのは

成人したから一人前になるとは限らないし
親だから大人だとは限らない

子どもだから純真だとは限らないし
大人だから理解力があるとは限らない

付き合っている二人だから愛し合っているとは限らないし
夫婦だから信頼し合っているとは限らない

長い間一緒にいることと愛情は関係ないし
「愛してる」と言われたから愛されてるとは限らない

経済的な豊かさと心の豊かさは関係ないし
言っている言葉が正しいからその人の実行動が正しいとは限らない

大切なのは
表面ではなく
表現でもない

大切なのは
中身です

45 歳

生まれてから15歳までは誰かに教育される

15歳から25歳までは感受性を磨く
25歳から35歳までに考えるということを身に付ける
それから45歳までに感じることと考えることが混然一体となる

結局
45歳までに人格が確定するのだと思う

年齢を重ねても

年齢を重ね
皺が増えて
骨が弱って
筋肉がたるんで
体力が衰えても

清々しく生きることはできる

若くても枯れている人がいるように
年老いても瑞々しい人間でいられる

見抜く

見抜くというのは
見えないところを見ることではなく
見えているところを正しく深く見ることだと思う

心の卑しい人

心の卑しい人は分かりやすい

物事を
高いか安いか
損か得かで判断する

人間を
上下に並べ
上だと思う人にはおべっかを使い
下だと思う人には横柄な態度を取る

自分のことにだけ関心を持ち
他者のことを思いやることができない

偉そうな人

偉そうな人が嫌いだ

たとえ
どんなに素晴らしいことをした人でも
他者に偉そうにしてはいけない
と思っている

まして
年上だから
教える側だから
お金や物を与えたり貸したりする側だからとかで
偉そうにする必要も権利もないだろう

人間は
どのような他者に対しても偉そうにするべきではないのだ

他者に偉そうにするたびに
自分自身をつまらない人間にしていくのだから

尊敬できる人

自らを励まして
向上するために努力し続けている人は
素的(すてき)だと思う

逆境にめげずに頑張り続けている人は
本当に素的だと思う

だが
素的だと思うことは
尊敬するということではない

自らのために頑張るのは
いくら素的でも
しょせん自分のためでしかない

尊敬できるのは
他者(ひと)のために努力する人だ

他者の幸せのために
清々(すがすが)しく努力し続ける人だ

優しい人

何かのときだけ優しい人
誰かにだけ優しい人

そんな優しい人っておかしいと思う

優しい人は
いつでも
誰にでも優しいと思う

傷つけるのは

運命は
人を困らせたり悲しませたりするが
決して人を傷つけない

人を傷つけるのは人だ

大災害の中で

ビルの階段で
足止めされているのに
通行の妨げにならないよう端に寄って座る人々

商店で
決められた金額の買い物をするために
長い列にきちんと並ぶ人々

避難所で
水や食べ物を待ちながら
静かにふるえている人々

そんな人々に伝えたい
電気がなくて通じない携帯電話ではなく
心から心へ直接伝えたい

あなたのことを
あなたの家族や友人や恋人のことを
元気で生き続けていただきたいと
強く強く願っています

涙する人

抱き締め合って
「生きているだけでよかった」
「会えてよかった」
と涙する人

抱き締め合いたい人を求めて
「生きていると信じています」
と涙する人

テレビの前で
よかったなあ
と流れだした涙が
何とか生きていますように
と流れ落ちます

帰る家

津波に流されて家を失った人々
放射能から避難して家に帰れない人々

どこへも行けなくて避難所で暮らす人々
動きだしたバスに乗って住み慣れた所から離れていく人々

以前なら帰れた家に
今はもう帰れない多くの人々

そんな人々に帰れる家をつくることが
帰る家のある人々のするべきことだろう

こんなときに雪が降る訳が分からない

3月ももう半ばだというのに
こんなときに雪が降る

住み慣れた家には帰れないというのに
こんなときに雪が降る

水や食べ物や明かりや暖房もないというのに
こんなときに雪が降る

家族や友人や恋人や知人を失ったというのに
こんなときに雪が降る

こんなときに雪が降る訳が分からない
こんなときに雪が降る訳が分からない

あなたがいない

あなたがいないことが寂しい
あなたの笑顔を見られないことが寂しい
あなたが手の届かない所へ行ってしまったことが寂しい

あなたの声が聞けないのが寂しい
あなたから呼び掛けられることがないのが寂しい
あなたを呼んでも返事がないのが寂しい

あなたとの出来事を思い出した後が寂しい
あなたのことをはっきり思い出せないときが寂しい
あなたの夢を見たいときに見られないのが寂しい

あなたの手を握れないのが寂しい
あなたの手の柔らかさを感じられないのが寂しい
あなたの手の温かさを感じられないのが寂しい

あなたがいないことが寂しい
あなたがもういないことが寂しい
あなたがもうどこにもいないことが寂しい

君がいない

君がいないことが寂しい
君の笑顔を見られないことが寂しい
君が手の届かない所へ行ってしまったことが寂しい

君の声が聞けないのが寂しい
君から呼び掛けられることがないのが寂しい
君を呼んでも返事がないのが寂しい

君との出来事を思い出した後が寂しい
君のことをはっきり思い出せないときが寂しい
君の夢を見たいときに見られないのが寂しい

君の手を握れないのが寂しい
君の手の柔らかさを感じられないのが寂しい
君の手の温かさを感じられないのが寂しい

君がいないことが寂しい
君がもういないことが寂しい
君がもうどこにもいないことが寂しい

悲しいことの一番目

悲しいことの一番目って何だろう

一番悲しいことって何だろう
一番大きな悲しみって何だろう
一番深い悲しみって何だろう

大切な人が死んでしまうことだろうか

僕は違うような気がしていた

僕には
僕の大切な人が不幸であることの方が悲しかった

目の前に居る大切な人が不幸せであることの方が
僕には悲しかったのだ

そうこう考えていたら
一番悲しいことは
大切な人が不幸な形で死んでしまうことだと気付いた

自分の大切な人が不幸な死に方で死んでしまうことが
悲しいことの一番目なのだ

大切なあなたを失ったから

時々夢で会えるのですが
会いたいときに会えないのが辛い

写真やビデオが残っていても
姿や声が残っていても
あなたを抱き締めることができないのが辛い

それどころか
手をつなぐこともできないのが
寂しくて悲しくて辛い

できることは
静かに思い続けることだけです

あなたを深く愛していたから
あなたのことを思いながら
静かに生きていくことにします

あなたとの出来事を思い出したり
あなたがいたらと想像したりしながら
静かに笑顔で生きていくことにします

８月６日

忘れてはいけないことは
決して忘れてはいけない

８月６日がやって来たら
「忘れてはいけない！」と声に出そう

８月６日がやって来たら
1945年に生まれていなくても
「忘れてはいけない！」と声に出そう

８月６日じゃなくても
戦争の話が出てきたら
「忘れてはいけない！」と声に出そう

８月６日じゃないし
戦争の話も出ていないけど
生命(いのち)のことを考えるときは
「忘れてはいけない！」と声に出そう

そして
生きたいのに死んでいった
沢山沢山(たくさん)の人たちのことを思いながら
生きていることの意味を考えよう

みんな小さな子どもだった

みんな小さな子どもだった

小さくても取っ組み合いのけんかをしたし
他者をだましたり、陥れたりもした
小さくても好きな子がいたし
手をつないで歩いたりもした

小さくても一人の人間だし
小さくても生きていた

誰でも初めは小さな子どもだった

住んでる家も場所も違った
もちろん母と父も違った
けれどもみんな子どもだった

みんな小さな子どもだった

世界中のすべての人が
みんな小さな子どもだった

伝えることの難しさ

言いたいことを
どう言ったらいいかが分からなくて
何も言えないことがあるし

言いたいことを
何とか言ってみるが
伝わらない思いが残ることもある

言いたいことを
それなりにまとめて言い
きちんと伝わったと思ったのに
後日、伝わっていなかったと分かることだってある

人間の違う度合いが
思いを伝えることの難しさに関わっているのだろうが
それだけではなくて
言葉で伝えることの難しさもあるように思う

表現の広さと深さを支える〝言葉の多義性〟と
その裏腹である
意味の拡散を招く〝言葉の曖昧性〟が
言葉で伝えることの難しさのように思える

だから僕は
言葉だけで表現せずに
どう動いているか
どう動いていくか
どう生きているか
どう生きていくか
で表現するよう努力している

それでも正しく伝わらないときがあるだろうが
伝える精一杯の努力をし続けることも
誠実な生き方の一部だと思っている

一人で生きているわけではないのだから

自分のことだけで精一杯の人生なんてつまらないよ

東北へ届けよう！ (＊歌詞)

遠く遠く離れていても
君のことを忘れはしない
寒い冬に凍える君を
ふるえる心で思っているよ

遠く遠く離れていても
君のことを忘れはしない
暑い夏に汗する君を
熱い心で思っているよ

＊そばに咲く花違っていても
　愛でる心はきっと同じさ
　だからいつでもつながっている
　心と心君と僕と
　　　（あなたと僕と）
　　　（君と私）
　　　（あなたと私）

東北東北離れていても
君のことを忘れはしない
寒い冬に凍える君を
ふるえる心で思っているよ

東北東北離れていても
君のことを忘れはしない
暑い夏に汗する君を
熱い心で思っているよ

＊繰り返し

おわりに

　人間は一人でも生きていけます。しかし、一人では幸せになれないと思います。僕は、愛と優しさのないところでは幸せになれないのが人間だ、と考えているのです。そのことを沢山の方々にお伝えし、じっくり考えていただきたい、と思って詩を書き続けてきました。

　僕は、自分の書く詩に特別な力があるとは思っていません。ただ、困っている人や悲しんでいる人の手を握ったり、これから頑張ろうとしている人の背中をそっと押すぐらいはできるのではないか、と思っています。そう思いながら、そう願いながら、誠実な詩を書く努力をしてきたのです。

　僕の詩は、「哲学詩」「人生詩」「教育詩」と、いろいろな名前で呼ばれることがあります。僕はこの春、詩を書き始めて50年目を迎えましたが、この間ずっと、「人間とは何か」「人生とは何か」「人生とはどのように生きていくべきものなのか」を考えながら、詩を書いてきました。

　そんな長い年月の中で、ある時、自分がいつも「愛することと優しさについて」の詩を書いていることに気付いたのです。

僕は、これからもずっと、「愛することと優しさが人間を幸せにするのですよ」と言い続け、書き続けるつもりです。

　人間が大好きなのに人付き合いが苦手な僕ですが、詩を通して沢山の読者の皆さんとつながっていられることを、心から喜んでいます。お気に入りのＣＤアルバムを、繰り返し聴きながらどんどん大好きになっていくように、この詩集が、読者の皆さんに繰り返し読まれながら、どんどん大切な詩集になっていくことを願っています。

　この詩集ができるまで、多くの方々に助けていただきました。今は離れたところで応援してくださっている方々。今もそばで支えてくださっている方々。そして、僕の詩を大切にしてくださっている沢山の読者の皆さん。

　すべての皆さんに心から感謝しています。

　これからも誠実な詩を書き続けることで、皆さんに喜んでいただけたらと思っています。

2012年春　髙木いさお

髙木いさお
たかき

詩人。

1954年4月、京都市に生まれる。

33歳の時に、病気のため務めていた会社を退職。

34歳の時に、生まれてくる我が子への思いを『桜の咲く頃』という私家版小詩集にまとめた。我が子を育てる体験を通して、すべての子どもが毎日笑顔で暮らせる社会を願うようになる。

2003年12月に『詩集・愛することと優しさについて』を刊行。

その後、子ども出版より毎年8月6日を発行日として詩集を出版。

2011年3月、「東日本大震災の詩 4篇」が英国ロンドン大学SOAS（東洋アフリカ学院）や米国の高校の授業に使用される。

2011年8月6日、広島市のマツダスタジアムでの広島カープ対巨人戦の試合前セレモニーで、詩「8月6日」が朗読され、来場者にその詩を印刷したはがきが配布される。現在、大阪府枚方市在住。

装丁　細山田光宣、蓮尾真沙子（細山田デザイン事務所）
校正　有賀喜久子

愛することと優しさについて

2012年5月5日　初版第1刷発行

著者　　髙木いさお

発行者　土井尚道

発行所　株式会社　飛鳥新社
　　　　〒101-0051
　　　　東京都千代田区神田神保町3-10
　　　　神田第3アメレックスビル

　　　　電話　営業　03 (3263) 7770
　　　　　　　編集　03 (3263) 7773
　　　　　　　http://www.asukashinsha.co.jp/

印刷・製本　株式会社　光邦

ISBN978-4-86410-164-6
©Isao Takaki,2012 Printed in Japan